HUA●

花

周庆

KAI●

——著——

开

SHI●

时

KE●

刻

北方联合出版传媒（集团）股份有限公司

春风文艺出版社

·沈 阳·

图书在版编目（CIP）数据

花开时刻／周庆著. —沈阳：春风文艺出版社，
2018.12（2021.1重印）
（中国诗人）
ISBN 978 – 7 – 5313 – 5564 – 9

Ⅰ.①花… Ⅱ.①周… Ⅲ.①诗集—中国—当代
Ⅳ.①I227

中国版本图书馆CIP数据核字（2018）第257883号

北方联合出版传媒（集团）股份有限公司
春风文艺出版社出版发行
http://www.chunfengwenyi.com
沈阳市和平区十一纬路25号　邮编：110003
永清县晔盛亚胶印有限公司印刷

责任编辑：刘　维　　　　　　　责任校对：于文慧
装帧设计：琥珀视觉　　　　　　幅面尺寸：125mm × 195mm
印　　张：8.5　　　　　　　　　字　　数：160千字
版　　次：2018年12月第1版　　印　　次：2021年1月第2次
书　　号：ISBN 978-7-5313-5564-9
定　　价：36.00元

版权专有　侵权必究　举报电话：024-23284393
如有质量问题，请拨打电话：024-23284384

总　序

　　中国是诗的国度。千百年来，人们沐浴在诗歌传统中，传诵着一代又一代诗人写就的经典之作。而伴随着现代社会和互联网的发展，信息的传播和接受更加便捷，诗歌的阅读与创作方式也在潜移默化中被改变，在信息量无限扩大的互联网世界，远离喧嚣、静赏诗意显得尤为珍贵。

　　中国诗歌网正是在这样的背景下应运而生。作为国家重点文化工程，中国诗歌网以建立"诗人家园，诗歌高地"为宗旨，迅速成为目前国内也是世界诗歌类互联网专业出版平台和中国诗坛最具权威性和影响力的文学阵地之一。

　　互联网时代诗歌创作的便捷激发了一大批诗歌爱好者与诗人的创作热情，他们在公交车上写诗，在工作间隙写诗，他们创作的诗歌作品贴近现实与生活，在追求好诗的道路上不断前进。春风文艺出版社有着久远的诗歌出版史，《朦胧诗选》和《汪国真诗词精选》曾一度畅销。近两年，春风文艺出版社一直致力于打造优质诗歌的品牌。本着推介中国当代诗人的原则，中国诗歌网与春风文艺出版社决定联合推荐出版"中国诗人"诗丛，共同打造"中国诗人"这一诗歌新品牌。该诗丛计划出版百部优秀诗集，在注重诗歌质量的同时，力求结合互联网与传统出版的优势，通过直观的文本呈现向读者介绍一批热爱诗歌、坚持诗歌创作的诗人，以期汇集中国当代诗歌优秀成果，展示当代诗人的创作实绩与创作风貌。

　　作为国家文化工程的中国诗歌网，推出"中国诗人"诗丛，也是在整个民族复兴的伟大进程中展示中国人崭新的精神风貌。因此，我们在百花齐放的诗坛，特别关注有家国情怀的厚重力作，提倡来自生活的独特发现，鼓励创新探索的艺术精品，推崇高雅纯真的诗情意趣。我们希望这套"中国诗人"丛书是体现诗坛正能量，能够引人向上、向善、向美的诗歌佳作。

　　我们满怀期待，我们也真诚希望广大诗人和诗歌爱好者关注这套诗丛，与诗同在，我们为此感到自豪和幸福。我们期待更多的诗人加入我们这套丛书，我们也期待这套丛书走进更多读者的心田！

叶延滨

2017 年中秋前夕于北京

序 一

我的诗歌江湖

有江湖的地方就有诗歌。

对于我来说，我的诗歌属于我的江湖。我的江湖充满了诗意，与我的现实毫无关联。

我的现实很残酷，一个商海的大染缸里，呈现的是唯利是图、尔虞我诈、笑里藏刀、过河拆桥、卸磨杀驴，一句话，置之死地而后快。有时候，承受着莫大的委屈，还要面带微笑；有时候，心里流淌着鲜红的血，却要故作镇静；甚至，还有牙齿打落了往肚子里吞的经历。在你相信一个人的时候，你充满了希望，他却给你带来深深的绝望。

一直希望做到出淤泥而不染，如果没有诗歌江湖，我想真的做不到！

因为有了我的诗歌江湖，我才活出真我，不为权贵折腰，不为名利俯首，做自己喜欢做的事情——写作诗歌，于是，就有了自己的诗歌江湖。

我的诗歌江湖注定有一片美丽的沃土。

我让晚风过来

晚风就款款过来

时间不早不晚

脚步不疾不缓

晚风吹在了我的头上

一丝一缕都是风情万种

我要答谢晚风

晚风摆手说不

（《晚风神曲》）

这是善解人意的晚风，这是一个诗意的时刻，我经常醉卧其中，把现实远远地抛开，享受着诗歌江湖的美好。

我也不知道那是沼泽地

就一直往前走
恍惚间，有人喊我
不要走了——
不要走了——
我还走
我听你的话长大的吗

那里就是泥泞了点
那里就是
——有时候一脚下去
提脚的时候越陷越深
如果悠着点
脚就轻松地拔出来了

有一次
我整个人都陷进去了
结果呢，我没有死
这不，和大家说话来着

（《沼泽地》）

我们在现实中行走，时时刻刻都危机四伏，时时刻刻都有可能遇到荆棘，遇到沼泽地，甚至整个人都可能陷进去，再也没有生存的机会。可是，在我的诗歌江湖里面，我即使陷进去，也可以非常轻松地出来，诗歌江湖，没有敌意。

　　由着天的性子
　　想去哪里就去哪里

　　去黄土高坡
　　放牧牛羊
　　风浩浩荡荡
　　牛羊浩浩荡荡

　　去草原的边际
　　寻找月亮落下去的地方
　　掬一捧水
　　就可以看见太阳的模样

　　去白云的故乡
　　一个人歌唱

声音越过千万道山梁

永远都在回响

去寻找一双眼眸

闪电过后

秋水盈盈

打湿了日思夜想

（《信天游》）

在我的诗歌江湖里面，我没有任何羁绊，可以由着性子生活，想去哪里就去哪里，想干什么就干什么，想有什么样的爱就有什么样的爱，这是一个真性情人的生活，我回归到了自然，我的生命融入了自然。自然而然，返璞归真。自然而然，绝不矫揉造作！

真的希望活在诗歌江湖里面，远离尘世的喧嚣，让诗歌做伴，演绎浪漫的诗意情怀，沐浴着得意的春风，温暖的阳光，圣洁的月华和娇艳的花朵眉目传情，朵朵白云做成无缝天衣，日夜不舍地穿着，直到地老天荒！

可是，我活在了我的诗歌江湖里面，也活在物欲横流的现实中，诗歌江湖，对于我来说是一个梦想！有梦想，才有向上的力量！

周庆

2018年6月于襄阳

序 二

淡极始知花更艳

一口气读完湖北诗人周庆的诗集《花开时刻》，竟有一种无以名状的小激动——一定是被作者质朴文字中所蕴含的真情与诗意所激励、所感动的吧。

于是，思考了关于"诗人是怎样炼成的"这样一个由来已久、老生常谈的问题。显然，愤怒可以出诗人，忧郁可以出诗人，闲适可以出诗人，甚至特定条件下的百无聊赖也可以产生诗人——尽管这些诗人不可能在同一个重量级上。总之，答案很多，不一而足。那么，《花开时刻》的作者周庆属于哪种诗人呢？似乎均不属于上列诸种。笔者与周庆萍水尚未相逢，接触他的诗作也属首次，好在通过作者诗集的自序能够对其人其事一窥端倪。从中我们得知，作者自我定位置身于两个世界，一个是"唯利是图、尔虞我诈、笑里藏刀、过河拆桥、卸磨杀驴"的商海,一个是拥有温暖的阳光、圣洁的月华、娇艳的花朵和朵朵白云的诗歌江湖。这么说,作者至少身兼两个身份——商人和诗人,而后一张名片又与"物欲横流的现实"极富关联。因而不难推断,正是商海的险恶和现实的残酷,"一直希望做到出淤泥而不染"的他才义无反顾地投身诗歌的江湖,一往情深地拥抱缪斯女神。是否可以这样讲,"险恶"与"残酷"亦可以产生诗人,并如此这般地打造出了醉卧诗歌江湖、活出真我的优秀诗人如周庆者?基于这样一种认识,当回过头来再读《花开时刻》中的若干诗篇时,便能够对字里行间无所不在的对真善美的呼唤产生共鸣,因而也更能理解作者的创作初衷,更能体味诗作的深度和新意。

周庆营造的诗歌江湖是清澈见底、未经污染的,这一点从他清新淡雅的诗作中可以得到印证。整部诗集没有朦胧、荒诞的痕迹,几乎找不到矫揉造作、佶屈聱牙之处,也不见故作高深、为赋新词强说愁的消沉情绪流露。相反,平白如水的"大白话"所表达的向上、向善的真心与实意,更有可能瞬间拉近作者与读者的情感距离。

在《九月菊》中,作者写花,更是在写人。人面菊花交相映，呈现的是"一个黄灿灿的世界"。这里，分明是人花合一，人性在回归自然中焕发出生命的异彩："阿娜就是九月菊/她已经独占了鳌头"。好一个阿娜，闪亮登场便气场满满、光彩照人。在本部诗集中，阿娜是一个屡屡出现、具有象征意义的非写实人物，因时令与场景不同，她的形象时有差异，但阿娜的神韵却一以贯之。《雪花掌》也咏"花"，但同样也是写人，写阿娜。雪花装点的世界作为纯净的背景为阿娜提供了一个清爽的舞台。结尾一节"阿娜过来的时候/雪花落在了我的脸上/她的手也落在我的脸上/阿娜说这就是她练就的雪花掌"的描写着实令人叫绝，轻描淡写之间又是那样一往情深。这种"愿打愿挨"的情愫，其执着程度虽说尚未达到屈原"虽九死其犹未悔"的境地，但完全可以与王洛宾《在那遥远的地方》歌中"我愿她拿着细细的皮鞭/不断轻轻打在我身上"相媲美。在诗人的心目中，阿娜是唯一的（尽管有时"她"可能以"复数"的形式出现），是"主角配角/都是一个人的那种"，"我"所能做的，是"为阿娜献上鲜花一朵/为阿娜抹去泪水一滴"而已。无须更多理由，仅仅是阿娜喜欢独角戏，"我"喜欢阿娜（《独角戏》）。那么"为什么我的夜空一直晴朗"？同理可证，不言自明：依然是因为"阿娜在我的心里许多年"（《为什么我的夜空一直晴朗》）。如果说诗作中的"我"是一个"抒情者"，那么"被抒情"的阿娜作为一个美的化身，显然成为作者倾诉、倾慕和礼赞的对象，具有作者心目中的"诗神"的意义。

以诗歌的形式对未尽如人意的现实进行"逃避"与"反叛"，依托诗歌江湖打造一块人生无忧角，进而重塑理想化的现实，这是周庆的追求。这里的所谓"逃避"绝不是出世，恰恰相反，他的诗不但入世，而且颇有几分世事洞明的意味，尤其难能可贵的是他对生活充满了挚爱，拥有属于自己的追梦情怀和至高理想。因此，他的诗的色调不是灰暗的、晦蒙的，而是沐浴着得意的春风，充满明媚的阳光。正如诗人所写："我手举阳光/站在你必经之路/一日又一日/试图把所有的黑夜打理成白昼""我要用不老的心扉/换你的青春容颜"（《刹那间》），联系到前面无处不在的"阿娜"，这里我们同样可以理解为，这是作者对阿娜的情，也是诗人对诗歌、对生活的爱。在《夜渡》中，诗人意欲离开斑斓的尘世，在世外小镇建立一个"理想国"，与"你"诗意地栖居。甚至，这种充溢着诗意的栖居生活已然开始了："我让晚风过来/晚风就款款过来/时间不早不晚/脚步不疾不缓/晚风吹在了我的头上/一丝一缕都是风情万种/我要答谢晚风/晚风摆手说不"（《晚风神曲》）。真乃晚风轻拂，夜短梦长，读罢令人浮想联翩，余味无穷。与《夜渡》《晚风神曲》等诗句精短而意味深长一样，《流水落花》《车辙里的水》《红豆诗笺》（其四）等也都是别有新意、韵味十足的好诗。这里，"流水"和"落花"的对话在情感的温馨与情境的严酷之反差中完成，拥有一种"温柔的震撼力"；这里，"希望"与"存在"，"惊喜"与"失望"的强烈对比，让人们在感慨万千的同时又情不自禁地企盼着"故事重新开始"；这里，空间距离与心灵距离的辩证关系完全"融化"在"你"的设问与剖白中，原本不是问题的问题经由作者的"放大"，读者定当有所顿悟。至此，上述几首诗做到了情感与思辨的水乳交融，其情趣与理趣亦抵达"情自悠然理自明"的艺术境地。同样的感受也发生在阅读《水深水浅》《流金岁月》《水滴石穿》《相视》《高过炊烟的事物》等诗之时，由此不能不佩服作者对世事细致的观察与细微的寻味，这种化寻常为新颖的能力是值得赞叹的。

周庆的诗，大都是身边事的所见所闻所感，写实的成分占有相当比重。其实，在写实与写意之间从来就没有一道天然的沟壑。当"写实"之笔达到精准与含蓄兼备时，诗的韵味便会油然而生，所谓"言有尽而意无穷"，此时不经意间已进入意境层面，"写意"自然不请自到。诗集中的《写意》几近名副其实，是作者用文字绘就的一幅水墨山水图，它的具象或许是空蒙的，但意象却足以让人心领神会，游走于群山之间的溪水无形无状，但你会觉得它可感可触。个中奥秘，"只有天知道"。《野花妹妹》《我们》亦是，此间写实与写意的界限已被完全打破，"那时候/我没有学会对一个姑娘赞美"的懊悔和"我们在这样的月光下/如果真的睡了/就不愿意醒过来"的独白，所触发的读者的感受大概可以用"心驰神往"四个字来概括吧。

周庆的诗，当然也是他个人心路历程的记录。《会说话的夜风》写了"我"三十年前想离家出走和今夜回家的路，夜风的话不着一个"根"字，而根的烙印却留存在每一行诗句中。在《天涯》中作者自吟"我们走得越远/离故乡越远/离天涯越近"，进而诘问"天涯呀/我归心似箭的时候/是不是走到了你的尽头"。这绝不是无病呻吟，生活状态是"我们用微笑/面对冷漠/面对残酷"，这就是现实。所以在《我在大漠的身上走来走去》中，"我"告诫那些骆驼刺、紫穗槐和光棍树："你们远远地让开/不要让我踩着你们/也不要诅咒我的无情/

不要和我成为对手或者敌人。"而在"我"如此"霸道"的背后，是曾经深陷沼泽地的人生历险及死而后生，于今而言期望值不过是同大漠一起"变成一张白纸/纯净的白，无瑕的白/最好是浪漫的白"——这是作者最坦诚的希冀，在作者的人生求索中"这是最完美的结局"。如是，诗人的生命便愈发融入自然，"去草原的边际/寻找月亮落下去的地方/掬一捧水/就可以看见太阳的模样"（《信天游》）。

　　未见周庆的"诗歌宣言"之类，但透过其诗作，对其创作理念也可以略知一二。在《南瓜花开在低低的山岗》中，作者有句"这是斑竹坪最平常的一起事件/我只是一个忠实的记录者"。在《午夜的诗》中作者更是直言"我用诗的形式说出这样的话/我知道/这也是一种责任"。显然，做生活的忠实记录者，这便是诗人的一种责任。基于这样一种责任，他锲而不舍地"演绎浪漫的诗意情怀"，去发现美、讴歌美："美不是一头雾水/山和山连着肩膀/连着脊梁/或者手拉着手/不言弃/不言离/绿色在早晨的风中摇曳/——那些美丽的衣裳/一天又一天旺盛生长"（《丹巴卓玛》）。基于这样一种责任，他保持着最灿烂的生命姿态，尽心竭力地把黑夜打理成白昼。《春天，在鸳鸯湖》中，作者笔下描摹的装有白云、装有蓝天的春日的鸳鸯湖让人心驰神往，这是诗人打造的诗歌江湖的缩影吗？或许是吧。实事求是地说，周庆收入本诗集中的一首首小诗，有如绽开在鸳鸯湖畔的一簇簇小花，身姿很低却怡人心目，清新淡雅却别样娇艳。"春风好柔/鸳鸯湖好大/装爱/装眉目传情/装不离不弃/刚好"。是的，《花开时刻》大体与之相当：装爱，装眉目传情，装不离不弃——刚好！

王玮

2018年9月20日于沈阳

王玮，《辽宁青年》杂志社编审；中国电影评论学会理事、辽宁省电影家协会副主席、辽宁省散文学会副秘书长。

目　　录
CONTENTS

宋朝的月光

目　录
CONTENTS

目　录
CONTENTS

目　录
CONTENTS

目 录
CONTENTS

有你多么好

目 录
CONTENTS

目　录
CONTENTS

那些雨滋润人间

流金岁月　　　　　　　　　　　　　　/ 123

见好就收　　　　　　　　　　　　　　/ 124

一路走过　　　　　　　　　　　　　　/ 126

我在大漠的身上走来走去　　　　　　　/ 127

天涯　　　　　　　　　　　　　　　　/ 129

我还要走　　　　　　　　　　　　　　/ 130

利剑　　　　　　　　　　　　　　　　/ 131

百年孤独　　　　　　　　　　　　　　/ 132

感谢一滴水　　　　　　　　　　　　　/ 134

向日葵　　　　　　　　　　　　　　　/ 136

午后　　　　　　　　　　　　　　　　/ 137

事实真相　　　　　　　　　　　　　　/ 138

那些雨滋润人间　　　　　　　　　　　/ 139

活着的一种方式　　　　　　　　　　　/ 140

目 录
CONTENTS

从此以后故事长在树梢

目 录
CONTENTS

目　录
CONTENTS

高过炊烟的事物

目　录
CONTENTS

今夜，在斑竹坪

目 录
CONTENTS

宋朝的月光

好一朵美丽的茉莉花

这一次的路过
只是为了目睹你的芳容
让日思夜想有一个完美的结局

阿娜响应
阿雅响应
人多了
就排着队去
大雁一样

白就白得天使一般
香就香到沁人心脾
经常听说技压群芳
现在领略了一枝独秀

我们回去的时候
就反反复复唱一句
好一朵美丽的茉莉花

好一朵美丽的茉莉花

再唱其他

我们找不到理由

木 兰 花

阿娜走的时候说
木兰花开，我就过来

立春一过，我就祈祷
木兰花，你快点开

木兰花真的性情好
不紧不慢，不温不火
我看出来了，阿娜来与不来
都和她没有半点关系

雨水、惊蛰都走了
春分、清明也只是剩下背影

谷雨那天，木兰花开
我的小幸福
此时笑语盈盈

春 姑 娘

还刮着寒风
还下着冷雨
春姑娘也不打把雨伞就来了

阿娜说，她就是我的好姐妹
她已经散淡惯了
她爱咋样就咋样

可是，我怜香惜玉
这怎么行
冻出毛病可是一辈子的事情

阿娜说
她过来只是走亲戚
年年岁岁如此

九 月 菊

信息来自往年的九月
山野里总会有一场菊花赛事

还是在八月里已经看出端倪
数不清的小花蕾纷纷站立枝头
一个又一个挺直了身子
期待着开放的时候自己最妖娆

阿娜说话了
我们去看菊花赛事
去，一辈子理你
不去，一辈子不理你

去的那天
老远就看见了菊花开放
漫山遍野，一个黄灿灿的世界
迷离了双眼

再后来，我就看见阿娜了

她穿着黄色的裙子

打着黄色的太阳伞

我还看什么菊花赛事呀

阿娜就是九月菊

她已经独占了鳌头

种 太 阳

阿娜说要把太阳种下
在立春以后就种
选一个云淡风轻的日子
选一块上好的土地
拌上太阳花的枝枝叶叶
还要拌上那开过的花瓣

种下太阳以后
还要在它的周围种下向日葵
种下龙须草
还要种下心愿
种下朗朗的笑声

我们浇水
我们松土
我们小心伺候
我们等待太阳长大的时刻

小　雪

小雪这天
赶上新年第六天
老天爷搬来寒风，搬来白霜
还搬来雾霾
还要一天冷过一天

这些与我有什么关联哪
用一把锄头把冻土挖开
下面吱吱冒着热气
桃枝上有花在孕育
哪怕是星星点点
又不止星星点点

小雪没有慧眼
它什么都没有看见
我也没有慧眼
我却看到了春天
阿娜这天鹦鹉学舌
我也看到了春天

阿娜托梦

月季花名不副实
上个月开的花枯萎在枝头
这个月没有兴趣开了
还有，冷霜把叶子都冻住了

阿娜托梦说你是开不败的花
我说我相信一次
你开了，是验证信息
你不开，是死无对证

阿娜又托梦过来
春风吹过来的时候试试
红的、白的、紫的
数不清的眼睛都会看不过来
这回我彻底信了

暑气散尽

黄色的蒲公英

开在阿娜的裙子上面

她走到哪里

蜜蜂就跟到哪里

风信子、迎春花

也会开在阿娜的裙子上面

它们娇艳的样子

太阳不忍心了

就收敛了自己

雪 花 掌

雪花和雪花掐架
把世界装点成一片洁白

黄土还是黄土的颜色
只是它被掩埋得很深

阿娜以为我忘记了她
托日月捎来她的信息
我已经练就了十八般武艺
招招可以击中你的要害

阿娜过来的时候
雪花落在了我的脸上
她的手也落在我的脸上
阿娜说这就是她练就的雪花掌

仿佛今天

不管岁月走了多少年
阿娜的故事还在演绎

桃红和柳绿
各有春色十分

阿娜在桃树下
就是一朵惊艳的桃花
阿娜在柳树下
就是一枝青翠的柳枝

生如夏花

这一年夏天
雨水丰沛
花见风就长
山岗上，平地里
花圃中，池塘下
有名没名的花
像唱戏一样
你刚唱罢，它便登场

这一年夏天
我认识了阿娜
阿娜走到哪里
哪里就有花朵次第开放

和风一样
和雨水一样的阿娜
她说她生如夏花

到天边去唱歌

阿娜打点行装
告诉我她要到天边去唱歌

天边好近
就在山的那边

翻过一座座山
就在平原前面

走过一片又一片平原
就在海的那头

阿娜在唱歌
大海也在唱歌

写给春天

立春过了许久

天气忽然转寒

我双手合十

口中念念有词

雪不要下下来

雪不要下下来

雪不要下下来

重要的话我说了三遍

我是说给风听的

只是过了几天的工夫

风吹过来的时候

我才知道我错了

那么多的树叶在拍手

那么多的花朵在摇头晃脑

河边的柳丝呢

垂下了千条万条

阳光下

看什么，什么灿烂

阿娜过来的时候
也带过来一阵风
我们感受到了妩媚、妖娆
千娇百媚
她分明是这个春天的天使

后 来

后来
我和阿娜还是当年那样
手拉着手走过了小溪
溪水叮咚的声音
让我们的心
也叮咚地跳

多想蹦出来
让你看一看
让我看一看
青山可以老
相爱的心不老

独 角 戏

阿娜告诉我
她要看独角戏
主角配角
都是一个人的那种

豌豆花开了
一簇比一簇艳
芝麻花开了
一节比一节高
阿娜说主角太多

我能做些什么
为阿娜献上鲜花一朵
为阿娜抹去泪水一滴
阿娜说
我喜欢这样的独角戏

冬天有雨

冬天说来就来了
它是来下雨的
一滴又一滴
给干燥的天气添上了省略号

我希望阿娜和我在一个城市
或者她就住在我的隔壁
我看不见她
也不让她看见我

就有一个愿望
这个冬天
她能够看到我看见的符号

在 门 边

我们都走了
把父亲母亲留在家里
不是背井离乡
只带了简单的行李

阿旺连行李也没有带
他说，他走到哪里
就吃到哪里，就住到哪里

阿娜把一张照片揣在怀里
没事的时候就拿出来看一下
我们推测
一定是哪个坏小子勾了她的魂儿

后来，我们看到了阿娜的那张照片
原来她的母亲站在门边，看着我们所在的方向
中秋节那天晚上
我们齐刷刷掉了好多眼泪

为什么我的夜空一直晴朗

和阿娜分手的时候
我要把摘给她的月亮带走

阿娜的眼泪流出来了
这是我一辈子的念想

我知道这是一个错误的决定
我只好把阿娜变成了月亮

阿娜在我的心里许多年
我的夜空一直晴朗

我与花朵的距离

阿娜给我发微信
你与花朵有多远的距离
桃花早已被风吹落
我不说她
桂花要在八月才开放
我不说她

我坐在院子的中央
我只说盛开的月季
她离我三尺三寸
我只说妩媚的芍药
她离我二尺二寸
我只说火红的杜鹃
她离我一尺一寸

阿娜问我
还有呢

我告诉阿娜

还有牡丹离我太远

她开在河南洛阳

还有水仙离我不近

她开在福建漳州

阿娜打断我的话

还有吗

还有就是阿娜

我们之间没有距离

袖口有风

我去南山的时候
阿娜告诉我
你袖口有风

我当然知道
南山上的那么多野菊花
没有风就没有花的海洋
它们一浪一浪地往前赶
怎么看都看不过来

风越来越大
菊花开始波涛汹涌起来
我赶紧把袖口扣紧
免得阿娜牵挂

云朵在天空恣意而行

那时候要远走他乡
白天走的，却背走了故乡的月亮

阿娜说：那是你给我摘下的
为什么要带走

为什么会带走
我从家乡辗转到另外一个地方
有时候天空疲惫，连星星都不肯光顾
我不想让那时黯淡无光

宋朝的月光

我一直想告诉你
宋朝的月光温柔
一个世界，若隐若现
村口的树，若隐若现
怡人的月色，若隐若现
夜来香，若隐若现
在那样的月光下
你，若隐若现

阿娜，你就站在宋朝的月光下
和宋朝做伴
我在一千年以后
瞭望你
和你做伴

在秋风里等你

打理秋风
把秋风做成一把椅子
坐在上面
等你

阿娜，在我的身旁
有一棵柿子树
最后的红柿子挂在上面
红透了心

阿娜，你一定乘秋风而来
那么善解人意的秋风
徐徐，飒飒
不撞杨柳的腰

阿娜，只要你看见红柿子
去与留
都不枉此行

一块地留一串脚印

这块地，我一直留着

不种花朵，不种蔬菜

玉米和大豆都不种

蚂蚁草不让它长起来

芨芨菜不让它长起来

谁长在了这里

就是死路一条

镰刀、薅锄

十八般武艺

都会用上

不要怪我手下无情

谁也没有从这里走过

飞鸟也不会放过

就阿娜来过

那一天以后

这块地留了一串脚印

只说那年秋天

只说那年秋天
秋风一到，枫叶红了

秋天也红了
一片又一片晚霞
映红半边天
雨后的彩虹也是
在天边架起了桥梁
早晨也是
太阳还没有露脸
远山就红了

我在那年秋天认识阿娜
一个季节
都是热情奔放

阿娜们在歌唱爱情

阿娜们在歌唱爱情
她们希望自己是爱情里的小公主
王子们围着她们
唱三百六十五首情歌

情歌里有草滩
有一道彩虹
公主和王子牵手走过
脚下踩着棉花糖

情歌里
两个人一辈子住在花朵中央
一边采蜜
一边吃蜜

目睹花开时刻

红色的心

所有的颜色排好队
我再一次祈求
把红色剔除
其他的颜色向前走
向旭日东升的方向
向艳阳高照的方向
向残阳如血的方向

向你所在的方向
把你包围
把世界包围
把你的心包围

刹 那 间

我手举阳光

站在你必经之路

一日又一日

试图把所有的黑夜打理成白昼

我保持最灿烂的姿势

我多么想告诉你

我的世界

——海水不会枯竭

——石头不会烂掉

我还想告诉你

我要用不老的心扉

换你的青春容颜

誓　言

我不会告诉你
我已经把秋水望穿

在每一个八月
我如期而至
并非只是为了一个约定
我知道，那些腊月的冰霜长着势利眼
和你心心相印
他们无情地包围我，包围我身边的一叶扁舟
他们长着一千个指头
要我横眉冷对

海可以枯竭
石可以烂掉
誓言不会老去

回　眸

幻想和荷花住在一起

在荷花的屋子里
呈现仕女的模样
端坐在莲花椅上
思前想后

身后的荷花
开得那么彻底
该是已经惨败了
青春就这么草草收场

身前的荷花
含苞等待怒放
有没有一双眼睛在翘首凝望
有没有？多么想知道

风为什么吹（三首）

1

那一天，风说吹就吹了起来
把一朵芦花吹上了天空
一个旋儿，又一个旋儿，再一个旋儿
就是不肯落下来

如果可能，我要抱抱芦花
抱抱她轻轻的身子，棉朵一样
寒冬来临
我们相依为命

2

上帝呀，请允许我遇上一颗露珠
把泪水滴落。请允许我接受一小缕阳光
把身体灼伤。请允许我在一块石头面前
一次次跌倒。请允许我手持一束鲜花

看着它枯萎，无法抵达梦想

上帝呀，就这样衣袂飘飘
不染尘土。就这样挺直胸膛
傲视群芳。就这样把黑暗告别
迎接阳光。就这样在雨中行走
每一个脚印，都清晰毕现

3

数不清风的痕迹
在高原上，在大漠里
它们清晰地呈现在那里

风
要把狼的脚印毁灭
要把羊羔的脚印毁灭
要把猎人的脚印毁灭

不管人们讲述的故事多么悲壮
杀戮也许已见分晓

也许已经没有胜负可分

站着和倒下，都是一个谜

谁最后站着，谁最后倒下

都是一个谜

目睹花开时刻

有幸，目睹一次花开时刻

在一个盛夏，烈日炎炎以后

或者，不给确切的时间

只要花朵愿意

只要有适宜花朵开放的条件

只要风的力度恰到好处

花朵自然而然

就会开得妩媚、奔放

不管不顾地娇艳

这是一个赏心悦目的时刻

记得是雨刚刚下过

骨朵上还有露珠

在阳光下眨着眼睛

记得有一只小蜜蜂

在旁边的枝丫上

默默地守候

记得周围静悄悄的

生怕绣花针掉到地上

打破宁静

这时候，花朵开放了

开得全心全意

任何企图都无法阻止

我目睹这样的时刻

幸福的感觉身不由己地滋生

远方的远方有谁

说到远方，就是不方便去的地方
就是产生故事的地方

桃花盛开的地方在远方
于是，我买了桃子
就一个，五百克
样子，是远方的样子
味道，是远方的味道
吃过后，我想起了远方

还会期待一场远方的赛事
我的心事在那里表演
这样的，那样的
你可以猜到的，还有你不可以猜到的
他们相约一起，他们相拥一起
你在心事的中央坐着，想心事

一杯酒，也是远方的

他很孤独，一个人陪他

一个人喝酒，很容易醉

一个人就醉了

月亮很好，很大，很亮

这个人就大大地咬了一口

火红的裙子在远方，看得你的眼睛生疼

午后一直到黄昏，我在给你打电话呢

多么任性的游戏，你后来告诉我

手机都让我打爆了，还打

我告诉你：我的手机没电了

所以，不打了

远方的远方有谁

想了很久

没有人替我分担

人间物语

不要八月的桂花开
八月的桂花就不开

这一年雨水太多
一场接一场
不知道在和谁比赛

我在我的城市
你在你的城市
城市之间相安无事

只是桂花还被惦念
只是云在城市之间走来走去
只是月有阴晴圆缺

我们知道了这么多
八月的桂花
如果听话就不开
不听话就开

终于有一个借口可以爱你

终于有一个借口可以爱你

一个小小的借口

像一根针把我们的手指头

扎了一下那么小

像一粒不小心进了我们眼睛的细沙

那么小

或者，就是我们种养的小花朵

一定要开得鲜艳

开得蓬蓬勃勃

开得轰轰烈烈

开得妩媚动人

在这样的时刻

还需要一点阳光

还需要一点雨露

我都满足了她

在 草 原

我没有到过草原
我更愿意来到草原

来到了草原
就和草原和睦相处

草原不愿意遮挡她的风情
她的风情就会无比妖娆

云在她的身上肆无忌惮
风在她的身上肆无忌惮
太阳在她的身上肆无忌惮

如果可以
我也在她的身上肆无忌惮

我们的故事（组诗）

1

那时候，我们没有故事
河水很清澈，雨水也是
看到的阳光都在做梦
吹过的风也是
河边的柳树也是
路边的小草也是
太阳的脸圆圆的
月亮的脸圆圆的
太阳笑哇，月亮也笑
白天连着黑夜
今天连着明天
一天又一天
一年又一年
直到我们牵了手
直到我们有了故事

2

那些故事都长着翅膀
要飞到四面八方
我手握拂尘
拂去一些残留
试图什么都不剩

我还想设计一个细节
抛撒一粒谷子
在天堂之上
把那只小鸟引开
让她不要受伤

还有
如果可能
我想变成一只口袋
装进去悲伤、眼泪、独木桥
让你笑容满面走阳关大道

一颗紫色的葡萄

我审视葡萄

紫色的葡萄是温顺的样子

绵羊一样，一点也不逃避我的目光

我该给她定义为珠圆玉润

她不说话，不说话就是默认了

我还给她定义为垂涎欲滴

她不说话，不说话也是默认了

我想紫色的葡萄很小的时候

葡萄园的空气是清新的

阳光一定很和煦

雨水也不是吝啬鬼

紫色的葡萄长势旺盛

她的兄弟姐妹也是这样

生怕自己落到了后面

到底还是出类拔萃了

现在，紫色的葡萄躺在那里

我一直审视着她

我很想据为己有

我想紫色的葡萄应该也愿意

夜　渡

夜晚，我们乘坐一叶扁舟
一起沿河岸前行
身后的斑斓已经渐行渐远

有一把小伞
有一座桥
再有一个依水而建的小镇
我们就这样择地而居

起风了
夜不再是微凉
幸亏你昨晚把我的衣袖加长

晨曦已经显现
夜渡的时间太短

我在你的眼睛里看见了大海

我在你的眼睛里看见了大海
唯一的，生长在眼睛里的大海
我不会告诉其他人
也不会告诉你
甚至，不会告诉一朵花
或者告诉一朵云

不告诉阿莲，你的姐妹
不告诉阿军，你的兄弟
不告诉他们
因为这是属于我的大海
我的唯一

流水落花

故事已经讲述很多
落花还是不依不饶
流水哥哥，你还要讲
我还要听

流水说：我不敢讲了
我也不能乱讲
你跟着我
我不忍心

一个浪头打来
落花不见了
流水依然前行

写到你的时候

写到你的时候

就写到了夏天

就写到了天空瓦蓝

就写到了石榴花红

就写到了荷花粉白

就写到了蜻蜓戏水

就写到了青草碧绿

就写到了树木葱茏

夏天里

还有一片月光

照在山岗上

照在田野里

照在小河旁

给世界一片朦胧

一阵风吹过来

恰似你的温柔

读 心 术

我告诉你
我会读心术

我只读你的心
读一千遍后
再读一千遍
永不厌倦

彼岸花开在我这里
彼岸花开在你心里
不让我相见
我已经看见

我不看你的容颜
因为你的容颜终会老去
我只读你的心
因为有爱的心一直年轻

春雨绵绵，杨柳依依

芳草萋萋，雪花飘飞

岁月舍不得走开

你的心也舍不得走开

给那些幸福的人一条河流

给那些幸福的人一条河流
长长的
可以流淌一生的河流

让他们自己去打理
种植莲藕
在夏天就有荷花竞放
放养锦鲤
在秋天就会上演龙门会战大戏

或者，什么也不做
就让河水静静地流
在有风的夜里
吹皱了水面
掉进河里的月亮
变成白花花的碎银子

或者，牵了爱人的手

融入河流之中

即使抽刀断水

爱河里的水也只能流得更欢

更恣意

更妩媚

夜晚开放的花朵

夜晚开放的花朵
也许是夜来香
夜来了，花就香了
从小记住了这单纯的花
记住了这单纯的故事

邻家的小妹
当了酒吧女以后
也叫夜来香
那一次偶然遇见
她香气袭人
醉倒在靡靡之音中

她告诉我
夜来香不是你叫的名字
不是我家乡人叫的名字
你从小就叫我小芳
现在和将来都叫我小芳，好吗

尘世之外（组诗）

1

如果只有一株草

在太阳下

它是清秀的

在月光下

它是温顺的

在我的目光下

它是唯一的

2

我愿意把爱变成一粒种子

选上好的土壤

和上好的基肥

种在一个世界上所有人

都可以经过的地方

开花结果

3

如果有缘

我和阿娜在一起

我们不再说话

我们一起劳作

或者娱乐

只用肢体

或者眼神

或者呼吸

感受彼此

世界上安静得只剩下我们俩

4

我不需要祈愿

一切都是因我而起

因我而来

我爱兰花

我爱兰花

兰花就来到我的花盆里

在我的院子里住下

看我早出晚归

看我耐心地打理她们

剔除残败的叶子

施足开花的基肥

直到她们一心一意地

为我延长花期

脚踏芳草

唢呐松

很久以前，一个过路的人
把唢呐埋在山上
长成了一棵松树
那个过路的人叫它唢呐松

风吹过，它就低低地吟唱
声音越过了无数的山岗
也抵达了无数炊烟升起的地方
还有断魂的桥梁，接近干枯的池塘
失望的玉米，八月不开的桂花

我相信这只是一个传说
那个过路的人
是一个靠唢呐吃饭的人
唢呐声声，可以百鸟朝凤
可以金蛇狂舞
而唢呐松，让我们泪流成河

今 天 说

当你赐给我晨曦

我选择了无语的接受方式

大地上薄雾缓缓地升起

我心上的所有尘埃都打起精神

唱欢乐的颂歌

成为美丽富饶的沃土

还有幸福的眼泪

越擦流得越欢

开始行走

翻过一座山，翻过一道岭

再翻过一座山，再翻过一道岭

一路向西

或者，一路向东

或者，一路向北

或者，一路向南

都是开始

都不需要尽头

因为此时，你已经呵气如兰

水深水浅

水深水浅
你都不要去蹚
你做不了那蹚水的人
我也做不了
桃花落下去了无踪影
都没有交上桃花运
我们也不会成为例外
属于你的终将属于我
属于我的终将属于你
比如我的心，你的心

颂　歌

让月亮从山那边爬上来
翻过山岗，挂在了头顶之上

牧羊的歌声唱一遍，再唱一遍
洁白的羔羊不知归途

风吹了云朵，也吹了蜡梅的枝条
雪花和蜡梅一起傲霜绽放

草原上的格桑花一簇又一簇
谁是你的露珠，谁就会思念成疾

夜的味道

一个人走进夜里
让夜深入我的内心

如果此时，一剪寒梅走过来
和以前不一样
她没有了矜持
露出妩媚的笑

再往前，如果有水
就让水在寒梅的脸上
画两道晶莹的泪行

那是无形的水
她会满足我所有的愿望
昨天和前天的愿望
今天和明天的愿望

她会包围我，让我从有形变为无形

信 天 游

由着天的性子
想去哪里就去哪里

去黄土高坡
放牧牛羊
风浩浩荡荡
牛羊浩浩荡荡

去草原的边际
寻找月亮落下去的地方
掬一捧水
就可以看见太阳的模样

去白云的故乡
一个人歌唱
声音越过千万道山梁
永远都在回响

去寻找一双眼眸

闪电过后

秋水盈盈

打湿了日思夜想

走过山梁

山梁没有心事高
山梁已经很高了

从山脚下往上看
就像要去登天
一步登天的故事
在这里
注定是传说
我们大声说给山梁听
山梁刮下一阵风

望着山梁往上走
就会走过山梁
累了或者渴了
还是要走过山梁

山梁前面是更高的山梁
我们还是要走过山梁

无限风光在险峰

山梁不愿意告诉我们

但是我们老早就知道

布谷声声

布谷布谷
把谷物布满田野

在水源丰沛的地方布上稻谷
在干旱的地方布上玉米
在贫瘠的地方布上蚕豆
在向阳的地方布上南瓜
在背阴的地方布上魔芋
在田埂布上黄豆
在边边角角布上丝瓜

布谷布谷
植物们各得其所

夜晚走路的人

他在前面走
后面有很多脚步声
还有马蹄声
还有不是人的声音
还有不知道是什么的声音
在追赶夜晚走路的人

我也是夜晚走路的人
我也有这样的经历
后来我都不想走夜路了
生活却不给我借口

千军万马追着我
凶神恶煞追着我
我快他们快
我慢他们慢
我不走了他们也不走了

后来一块石头

告诉我一个真理

这时候

一定要回过头来看一下

不看不要紧

——石头把我绊倒以后

我的身体一百八十度大转弯

原来，除了自己

身后什么也没有

脚踏芳草

我那天脚踏了芳草
软软的，柔柔的
像踩在棉絮之上
一股芳香的气息
扑面而来
挥之不散

我问芳草
你们知道吗
是你们的哪一天

我以为没有答案
它们却统一了口径
是我们的每一天

天堂还在远方

天堂还在远方
还有一段路
还需要走一些时辰

那里有幸福的故事
那里有开不败的花儿
那里有不会枯竭的泉水

我们还幻想了很多
包括永远湛蓝的天
一片云都没有
阳光很和煦
在和风中嬉戏

我们这人间哪
总是喜欢在幻想中生活

从前有一座山

从前有一座山
山上有一处村庄
两个人的村庄

所有的日子都是蜜做的
所有的野花都是蜜做的
所有的浆果都是蜜做的

男人是蜜做的
女人是蜜做的
两个人都是蜜做的

他们在山上开了荒，种了地
在春天不管种下什么
秋天都会收获蜜一样的果实

时间会告诉我们诗歌的结尾部分

我们赶路
把风花雪月弄丢了
剩下的就是云淡风轻
足以让我们抵挡一切诱惑

有一天，玉米缨子红了
我看了一眼
你看了一眼
就这样走入我们的视线

诗歌就这样开了头
后来，风吹动了玉米缨子
吹动了我们的心
至于诗歌的结尾部分
我们想最好把它留给时间

我是草原上的过客

我轻易地相信
远处的风景很美
带上行囊就去了

草原上的天格外蓝
云格外白
风吹过来的时候
草低了头
就看见了成群的牛羊
它们的尾巴摇来摇去
还看见酥油草纠缠不清
格桑花掐架

我回家以后
想明白一个问题
我没有和它们融为一体
它们是主人
我只是过客而已

写　意

那时候，用笔墨伺候

画一幅山水画

纸是黑白的白

墨是黑白的黑

远山影影绰绰

哪一片苍翠

哪一片浓郁

哪一片荒芜

只有天知道

水已经没有了形状

急与缓

清澈与浑浊

都在山间游走

神话故事

一浪高过一浪
浪就会很高
高过喜马拉雅
就会失去依靠

我是一条船
我记住了水涨船高
在风口浪尖之上
看峡谷，看深渊
看垂死挣扎
看笑逐颜开

一浪低过一浪
浪就会越来越低
低过海底
只好选择搁浅
这样的神话故事
总是不可能实现

五朵莲花

月亮还没有走
五朵莲花都开了
娇艳，妩媚，亭亭玉立
出水芙蓉，国色天香
怎么形容都不够

后来，我们知道
那个夜晚就是花开的好时节
——微风善解人意
吹到了哪里
哪里都是最美好的感觉
五朵莲花，首先是
花蕊再也耐不住寂寞

月亮没有看到的景致是
她极不情愿地走后
满池塘的莲花在太阳下都露了脸

风言　风语

风在数落麦地
我们已经够温柔了
樱花和桃花那么娇柔
还是开得有姿有色

风还吹过了老坟场
往年的落花都埋在了那里
它们彼此相安无事
曾经招惹了多少人的目光
如果说蓄意卖弄
现在看来都是冤枉

马头琴在草原歌唱
风在努力呜咽
感动了无数的雪
落下来，落成山
垒成青藏高原

我在听风言、风语

我不关心蔬菜、玉米

我关心风

它无处不在

画 饼

白纸上什么都没有
它在这个世界上有许多可能性

有一个人在上面画饼
画成活灵活现的饼
比真饼还真

看见的人都想吃一口
画饼的人就送给了他

我说送给我一个吧
画饼的人说
我不能送给你
我们是兄弟
我们去喝酒
去吃烧饼

有你多么好

朋 友 圈

有一天我特别落寞
朗朗的天空就是想看出一片乌云
清雅的菊花丛里要找出一处凋落
微信发到朋友圈
谁那里天空有乌云
谁那里菊花要凋落

微信回过来
我这里晴空万里
白云朵朵
我这里秋高气爽
菊花怒放
满园秋色关不住

只有一条微信与众不同
你看见的乌云在我这里
你看见的凋落在我这里
你的落寞在我这里
有多少我都照收不误

或者，就有雨

或者，就有风
从你的身体里刮过来
从一线晨光里刮过来
从原野上刮过来
从一朵花里刮过来
为了刮过来
它们心甘情愿

或者，就有云
满布天空的云
乌鸦一样黑
我们抬头望它
只望见一片蓝天
一只小鸟飞过
有彩色的羽毛
在阳光下
熠熠生辉

或者，就有雨

没有休止地下

掩盖了牛羊走过的痕迹

甚至掩盖了你的消息

以及所有的真相

让我多年后想起

蓦然回首不是一个成语

石榴花开

春天伊始

我在自家的院子里种植一棵石榴

我对石榴树说

你一定要好好地活下去

还要开花

要开艳红的花

要开看一遍不用喝酒就醉人的花

你一定要记住我的话

五月说来就来

石榴花开满枝

我家的石榴树真的很听话

红豆诗笺（四首）

1

我们相约
种下相思豆

你种在地下
生根，发芽
小心呵护
关注它感冒
关注它是否发烧
直到它健健康康
开花，结果
挂一树丰满的红豆

我种在心上
从此以后
月亮或阴，或晴
或圆，或缺

心都会潮起潮落

甚至，刮过一阵风

我都会祈祷

一定会捎来你的信息

哪怕是蛛丝马迹

2

那时候，我们燃起篝火

烤马铃薯，烤花生

烤银杏，烤玉米棒子

两个人吃成大花脸

四只手变成熊猫爪子

什么都烤了吃

就是不烤两颗红豆

你一颗

我一颗

做成贴身的衣裳

走天涯，不孤单

多年以后，我们回想

当一个世界只有两个人

一个是你

一个是我

这世界真好

3

我在春天种植红豆

就是想秋天的时候

红豆树上结满相思

你一路走过来

都是靠红豆指引

红红的小豆子

它们懂得我的心

你最懂我的心

4

世界上最遥远的距离是

我站在你的身边

你却在问：你在哪里

世界上最近的距离是

我们天各一方

你手执红豆：你永远和我在一起

人约黄昏后

黄昏之后
风正好，月正好，柳梢正好
我握着你的手正好

夜雨打湿过身边的芭蕉
还打湿过你的衣裳
一些言语诉说过地老天荒
云聚了，又散了

月上柳梢头，人约黄昏后
这一场相恋太久太久
从宋朝到今天
我一直听着你的心跳

有你多么好

大漠里有驼铃声传过来

迎着朝阳和晚霞走在前面的你

珍珠和玛瑙都黯然失色

草原有牧笛声传过来

端坐在马背上拿着笛子的你

让牛和羊都躲进了草丛

雪山上雪莲花盛开

你在莲花中央

你是我一世的观音

玫瑰花开

玫瑰花开与不开

大家讨论了一个夜晚

都没有结局

都含苞待放了

那么久

一天又一天

一年又一年

一辈子也不开的花

真的不开

是不朽

开了，是传奇

玫瑰花开

玫瑰花开

斗转星移

我虔诚地一遍又一遍念叨

石头被侵蚀了

大海更沧桑了

我还是那么虔诚

因为我相信传奇

野花妹妹

野花妹妹是一株蒲公英
花开的那天
邻家的小妹摘下它
插在了头顶
好看吗？哥

我该怎么说呀
野花妹妹那么美
邻家的小妹不逊色
可是，那时候
我没有学会对一个姑娘赞美

我 们

我们来到月光下
听《月光曲》

月光照着我们
我们披上了银纱
紫葡萄树披上了银纱
石榴花披上了银纱
无皮树披上了银纱
蚂蚁草披上了银纱
遥不可及的大海
从远处赶过来
它的浪花披上了银纱

我们在这样的月光下
如果真的睡了
就不愿意醒过来

相　视

不是夏夜刮过来的凉风
不是

不是河边杨柳依依
不是

不是太阳花在早晨开放
不是

不是春雨润物有声
不是

什么都不是
是我们彼此看了一眼

故　事

在一座山中，住着你，也住着我
我们素不相识
你不认识我，就像我不认识你
看见了和没有看见一样
谁和谁都不敢打破缄默

有一只百灵
在一个春天叫了起来
叫声非常清脆
有一朵迎春花
在这个春天傲雪开放
开放得娇艳欲滴

我听见了百灵的叫声，你也听见了
你看到了迎春花开放，我也看到了
故事的结局我们都知道
这座山，早已经包容了你
包容了我，还有我们彼此的包容
幸福就是山间的涓涓溪流

从　来

从来
你都没有来

如果你来
大簇大簇的野花就会
不论是白天还是夜晚
不论是雾霾还是霜雪
都撒着欢儿开放
都憋足劲儿开放
哪怕只开放这一次
开成一生一世的记忆
赤橙黄绿青蓝紫
在颜色的世界里
已经分不出我和你

从来
我就这样，等着你来
我等着你来，从来都是这样

我希望的夜晚

到黑色的地方走走
可以看到星星、月亮
那些上坡呀，影影绰绰的树
砍树的人，一点不累
七月初七，牛郎和织女隔着银河
彼此看了一眼，很慌乱的样子

砍树的人仍然在砍树
直到中秋时节，吴刚捧出了桂花酒

一定会有一场美丽的相遇

小雪走了就不说它了

大雪来了

雪还没有影子

雪不下，大雪心不甘

该下雪的时候就要下点雪

紧巴巴地盼哪，盼的是这样的结局

别人不说，大雪也于心不忍

脸面上挂不住，不说了

相约明年见也可以

就在大雪这个节气里

就在这一天

就在几点几分几秒

下鹅毛大雪，铺天盖地

大如席也可以，就在席子上面睡觉

仰面朝天，随遇而安

这一定是一次美丽的相遇

都四月了，桃花还挂在枝头

都七月了，石榴花还开得火红

都九月了，荷花还是一如既往地

不骄不躁，不温不火

两只喜鹊没有来由地亲亲热热

都夜晚了，还不愿意归巢

大雪终将会来的

那是一个见证美丽的时刻

哪怕等不到那个时候

我们也愿意离它近一点，再近一点

以竹为食的大熊猫

那一天苏轼把酒吟诗
宁可食无肉
不可居无竹
好多人都听见了
红花和绿草也听见了

大熊猫却听错了
宁可居无处
不可食无竹
悠悠然啃吃竹叶
希望有一副仙风道骨

单程爱情

到达你的城市只有单程车票了
不多不少——只有一张
据说是一张退票
是没有买到返程车票退的

退票我也要了
它是唯一的
如果不要
唯一的车票就属于别人

我愿意是你的唯一
如果你愿意

屋后的海岸线

这是我的屋后
我种下了沙丘
还种下了彩云
也有蓝蓝的天
和带有咸味的风

我种下了这些
希望长出海岸线
长长的海岸线
把我的房屋团团围住
我们在里面休养生息

如果需要
我还要祈祷
屋后的山树木葱茏
大风刮过来波澜壮阔
我们会心潮起伏

读 水

读到水的时候
我就想起了瓦楞溪

瓦楞溪的水太清澈了
瓦楞溪一边流淌
一边哼着经年的小调
多少年了，都是那样
不知道疲倦

你离开瓦楞溪以后
那里至今留着你的笑
一波一波，荡漾开来
一直荡漾到现在

我离开瓦楞溪以后
收获了水
清澈的，无瑕的
无忧的，快乐的
怎么想却都是你

我喜欢一场虚构

一场虚构，加上灵动的语言
故事就写成了
拿出去发表，赚了很多眼泪

我不流眼泪很多年
雪山上的雪雪白，没有瑕疵
曾经感动了我
我走上高原的时候
刺骨的冷，凉透了心

我只能喜欢一场虚构
在沙漠里迷路
总能找到路
在干渴的时候
总能找到水
在需要爱的时候
总能得到你的拥抱

三十七摄氏度

一直在关注天气预报
前天刮风了，昨天下雨了
今天热了，明天冷了
年三十的炭火炉子烧得旺
三伏天的空调开得凉

感冒那天
妻子把手贴在我的脸上
她说好烫，起码有三十九摄氏度
我说，你多少度
她说，傻瓜，你烧糊涂了，我三十七摄氏度哇

三十七摄氏度，我都没有记性了
难怪挨上去这样熨帖
这是最适合我的温度
我发誓，我以后再也不关注天气预报

我看见素颜的你

风已经放慢脚步
带我分辨这个世界的色彩

桃红，柳绿
她们把一个季节渲染
至今春意盎然

一池荷花
一幅水墨画
只开放，不说话

霜后的柿子
挂在枝丫上
和枫叶红透秋天

我看见素颜的你
是一座清秀的山
还是这一切的背景

如果世界上只有我们

如果世界上只有我们
只有鸟，只有花
只有蝴蝶，只有温顺的羊
只有绿色的植被
在一棵参天的大树下面
我们就可以休养生息

我们相敬如宾
不是做给鸟看的
我们耳鬓厮磨
不是做给花看的
我们生死相随
不是做给蝴蝶看的

我们愿意这样做
谁也阻挡不了

那些雨滋润人间

流金岁月

有一段日子
看着金子流淌
哗哗地流着，和水一样
却不是水的声音
是金属的声音

金子为食而流淌
金子为色而流淌
金子为名而流淌
金子为利而流淌
好听的金属的声音
是世界上最美妙的声音

我在人世间读到这样的故事
羞涩地摸摸自己的口袋，然后释然
一朵荷花立于池塘之中
被人称颂：出淤泥而不染
恰好有白云飘过
那时候什么都比不过

见好就收

蔷薇花已经拥挤到门口

那是春天种植的

当时土地贫瘠

放在鼻子下面

竟然充满盐碱的气息

放在嘴里

居然是苦涩的腥味

二十八天

二十九天

三十天

没有发芽的迹象

既然这样

就让哗哗的泪水尽情地流吧

奇迹因此发生

此时瘦弱的芽

害怕微风的侵袭

可是，阳光那么和煦

雨水那么滋润

空气那么纯净

万物都在拼命生长啊

蔷薇又怎么可以拒绝

如此的柔情蜜意

一路走过

真实的故事是

只要我犹豫一秒钟

我就会停下来

看看这周围有没有潜在的危险

比如大雨欲来

比如狂风将至

比如猛兽挡路

比如山将崩，地将裂

这时候

我的受伤已经到了极限

我的耐力已经到了极限

我的无助已经到了极限

命悬一线

幸好，我没有犹豫

我一路走过

我在大漠的身上走来走去

我已经走在了大漠的身上
不管是月黑还是风高
都走得一样踏实
每一步都留下一个脚印

骆驼刺、紫穗槐、光棍树
你们远远地让开
不要让我踩着你们
也不要诅咒我的无情
不要和我成为对手或者敌人

我的脚印会成为花朵
奇艳无比，奇香无比
她们快乐地开放着
她们幸福地生活着
她们所有的梦想都不会凋落

我在大漠的身上走来走去

大漠已经知道了

如果它们变成一张白纸

纯净的白，无瑕的白

最好是浪漫的白

这是最完美的结局

天　涯

我们走得越远
离故乡越远
离天涯越近

我们没有珍惜过汗水
任其挥发
任其流淌

我们用微笑
面对冷漠
面对残酷

天涯呀
我归心似箭的时候
是不是走到了你的尽头

我还要走

怎么可以不走
这些泥土
这些雨水
都不想挽留

一路上都是开过的花
妖媚散尽
余香散尽
老天爷的机关算尽

远处
总是海水和天际相接

利　剑

在帕米尔高原的最高峰
悬着一把利剑
和珠穆朗玛比着高低
它和高原上的雪一样
寒光闪闪

据说是姊妹剑
另外一把流落人间

我知道这个消息的时候
时间过了无数个世纪
阳光洒满大地
我们祈祷天长地久
我们祈祷爱情美满
我们祈祷流落人间的利剑
不要伤我们的心

百年孤独

我已经孤独了一百年
还要孤独
就是一百〇一年

白云像一匹这样的马
纯净，没有一丝杂色
墨染不上
一个个黑夜也染不上
岁月的风霜也染不上

一百年前和一百年后的今天
白云都像一匹纯色的马
其间，多少九曲回肠的故事
都没有让她动容
雨也下过
雪也飘过
乌云甚至遮天蔽日

我一直相信

如果我在第一百〇一年里

还是孤独

白云就还像那匹纯色的马

感谢一滴水

要感谢一滴水
它救了一株草的命

一株小草
一寸长
两片叶子
两片叶子都枯萎了
其他的叶子
长啊，怎么可以长出来

这时候
太阳厉害
这时候
小草已经神志不清
这时候
小草死的心都有了

一滴水落在小草上的时候

太阳就落山了

月亮出来

和小草窃窃私语

向 日 葵

命中注定
要举起花朵
让花朵对着太阳微笑

笑够了，笑累了
还笑
一直笑弯了腰

这是一个童话故事
向日葵
是这个故事的复述者

午 后

午后，我坐在树荫下
太阳很热烈
从树叶的间隙里钻了进来
身前和身后便多了许多光亮

一只蚂蚁停在一小块太阳下面
懒洋洋地不想走了
我画了个圈圈
蚂蚁伸了个懒腰
把肚皮翻了过来

蚂蚁睡着了
我也睡着了

事实真相

那些色彩我信手涂在天空之上
海洋之上

而海洋的颜色我真的没有办法改变
它们一如既往
用蓝色迎接明岛暗礁

天空的颜色我也没有办法改变
它的蓝色
拥抱着白云朵朵

在暮色的桥梁上
大家心平气和
刹那间有了气吞山河的气量

那些雨滋润人间

她是天上的圣水
在天上待得太久了
想看看人间

人间
劳动者有所获
追求者有所爱
得道者升天

她是天上的圣水
她来到人间
她变成了那些雨
那些雨滋润人间

活着的一种方式

风
即使呜咽
我们仍然听不见忧伤唱歌

午夜的诗

午夜
已经没有任何喧嚣了

我对母亲说
我爱你
我对爱人说
我爱你
我对儿子说
我爱你
我对朋友说
我爱你
我对这个世界说
我爱你

我在午夜
我很冷静
我用诗的形式说出这样的话
我知道
这也是一种责任

冬天的约定

我已经知道
世界上最平静的湖水
是一块嵌在岸与岸之间的镜子
亿万年打造
尖利的棱角变成遥远的记忆
曾经的瑕疵，失去了生存的理由

关于冬天的约定
是平静的湖水荡起的涟漪
——多么微不足道的涟漪
大声放歌的人走过去了
眉目传情的人走过去了
豪情万丈的人走过去了
他们视而不见

我没有走过去
面对平静的湖水
我走不过去

到底是涟漪阻挡了我的脚步

此时，离冬天还有两个季节又二十天

你伸出了两个指头

然后，翻转一次

我向你承诺

注定

有一道雨后的彩虹

会成为我送给你的头绳

扎在你的头上

让你一生妩媚

我还说

有时候，天空一尘不染

云朵自由地开放

她们洁白，她们安详

她们纯净，她们高贵

她们典雅，她们端庄

她们和你的一生一模一样

微笑是湖水送给我最美的涟漪

你挥手作别

我别无选择

冬天我会变成一件御寒的衣裳

日夜披在你的身上

沼 泽 地

我也不知道那是沼泽地
就一直往前走
恍惚间，有人喊我
不要走了——
不要走了——
我还走
我听你的话长大的吗

那里就是泥泞了点
那里就是
——有时候一脚下去
提脚的时候越陷越深
如果悠着点
脚就轻松地拔出来了

有一次
我整个人都陷进去了
结果呢，我没有死
这不，和大家说话来着

晚风神曲

我让晚风过来
晚风就款款过来
时间不早不晚
脚步不疾不缓

晚风吹在了我的头上
一丝一缕都是风情万种
我要答谢晚风
晚风摆手说不

寻找早晨开放的花朵

寻找早晨开放的花朵

寻找她们

把她们的名字写在纸上

把她们的出生年月公布于众

把她们的照片打印出来

让世界上所有参与寻找的人

记住她们的容颜

记住她们姓甚名谁

记住她们开放的准确时间

夏日六时三十分

秋日七时一分

冬日八时十五分

春日七时四十五分

给早晨开放的花朵定一个界限

超过八时三十分开放的一律不算

开放得越早的我们越应该关注

哪怕天空刚刚露出鱼肚白

哪怕晨曦刚刚伸了懒腰

哪怕太阳爬上山岗才一点点

哪怕晨风吹过来一丝凉

寻找早晨开放的花朵

寻找她们

直到她们逐渐清晰

身影毕现

你不必在意那些过往

那些过往的事情
有很多已经变成熏干的腊肉
或者是陈年老酒
我好想找一个把酒言欢的地方
和你举杯望月

那些过往的事情
有很多已经随风而去
或者如花落地成泥
我醉卧在温柔的风中
对你说闻鸡起舞

你不必在意那些过往
可以从今天开始

水滴石穿

往左或者往右
往前或者往后
都是一种错误
重心就是这里了
往下滴
是唯一的选择

一千年，一万年
石头不穿
水滴不断

穿要穿得恰到好处
滴才滴得坚贞不渝

春天夜话

在冬天里我写下春天夜话

春天就走了过来

不过是一袭温柔的风

不过是一簇艳丽的花

不过是一丛泛绿的草

不过是一只矫健的燕

加上皓洁的月光

生机盎然的一个世界

春天说话

我说不上话

北 风 帖

两尺高的紫薇树
失去最后一片叶子
它哭泣的声音
已经没有人可以听见
它的眼泪是北风擦干的

北风自己也吹干了自己
我伸出的手也被吹干了
血色的口子
要用春风疗伤
我找不到春风

我用什么舞蹈
清风和道骨
它们生长需要一些时日
除了衣袂飘飘
是我活着的动词

草习惯在这个时候

失却颜色

形容枯槁

我听说过青山绿水

我看不到绿水青山

北风实际上是我的挚爱

北风里的雪也是的

当洁白成为我们的世界

我歌颂它

我赞美她

我没有怨言

从此以后故事长在树梢

初一或者十五

那些长了翅膀的心事
都飞走了
那些长了翅膀的蚂蚁
也飞走了

没有长翅膀的
都没有走
——蚯蚓没有走
——石头没有走
——土豆没有走
——山药没有走

月亮经常过来走亲访友
看看没有长翅膀的心事
看看没有长翅膀的村庄
还看看蚯蚓、石头、土豆、山药

夜来风雨

夜晚过来的时候
月亮约了星星一帮朋友
打算在桂花树下
饮吴刚酿的陈年老酒
石榴妹妹在一旁静候
微微张着樱桃小口

雨说来就来了
还带来了风
坏了月亮和星星的兴致不说了
石榴妹妹的衣裳湿透了
她后悔路过雨巷时
油纸伞明明挂在那里
她没有伸出纤纤玉手

落 日

太阳在这一天不愿意落下去

落日，辉煌
落日，灿烂
落日，安详
落日，不舍不弃
落日，不动声色

我们看着落日
那一天的落日才愿意这样

芭 蕉 林

这个世界是芭蕉林的世界
芭蕉林就坦然了

旺盛地长
不受拘束
阳光很炽烈
自然界的乳房很丰盈

长成一座村庄
芭蕉林的村庄
就在我们的窗外
我们一伸手
就可以将芭蕉揽入怀中

从此以后故事长在树梢

选择一个秋季的早晨

不下雨，也不是阴天

来到一棵树下

抬头望天，天空高远

云，白色的

在上面走得悠闲

好像踱着方步

就是没有故事发生

树上有鸟在叫

我就看鸟，一个鸟窝在树梢

看不见鸟，我就学鸟叫

一只鸟趴在鸟窝边

另外一只鸟也趴在窝边

它们一起叫

我也叫

后来，有叽叽喳喳的叫声

从窝里边传出来

我知道是雏鸟在叫

声音此起彼伏

两只幸福的鸟哇

它们儿女成群，温馨祥和

我心似明镜

从此以后故事长在树梢

逢 春 记

如果有一棵枯树
遭遇一只小鸟的袭击
就会有故事发生

小鸟的翅膀扇出微风
细小轻柔
像多年前的春风
自然，不动声色

它的喙
在树上啄
不是觅食
一下一下
总是亲不够

如果是这样
枯树就会被唤醒

曾经你离我很近

曾经你离我很近

只有方寸的距离

甚至没有

你的心和我的心总是在一起

欢快、愉悦

馥郁、芬芳

你眉宇间的锁

被我打开

——虚无的锁

锁尘封的门

我走进来

就是你的空气、阳光和水

祈　愿

你的辽阔，你的富饶

你的仁慈，你的宽厚

在一个黎明

我从你的身边经过

有鸟儿在叫

有风在轻轻地吹拂

在另外一个黎明

我从你身边经过

紫薇花开

经久不衰

我们的对视

是整整一个花期

所有的事物都遥远

黄河在我以北

长江在我以南

很想看看青纱帐

很想尝尝鱼米香

随着性子的信天游是谁在唱

多愁善感的江南小调是谁在吟

长城长，喜马拉雅山高

大雁的队伍排列有方

今夜，我一个人坐着

所有的事物都遥远

我想着它们

它们就像在我家中一样

深秋即景

北风没有过来
北风的影子还远
高原上的风
跌落在黄土高坡
吹不起一粒尘土

连绵的秋雨还在
屋檐下的燕窝还在
一串串的红辣椒还在
金黄的玉米棒子还在
我们吃去年的腊肉
喝高粱酒正酣

磨 刀 石

这把刀

已经锈迹斑斑

随身携带不可以示人

从前和现在

都没有故事演绎

将来，一张白纸写满问号

隐藏在夜晚的细节

日落西山
夜幕拉上

零点二十五分
我看见一只大蚂蚁
精神抖擞地爬上舞台
灯光雪亮
音乐响起
整个天下都是它的

豹子的脚印

说出来你也认为奇怪
一个动物的脚印留在了城市的马路边

大家都在猜
大家都猜不着

一个人说
这是豹子的脚印
它就是豹子的脚印了
没有谁把疑问提出来

风吹山谷的声音

只是把一根钓竿甩出去
就像把尘世的喧嚣甩出去

端坐着
一动也不动
像一尊肉身菩萨

湖面在动了
一波又一波
是风在吹

后来
岸边的水草动了
矢车菊蓝色的花瓣也动了
白色的蝴蝶身子一下子轻飘飘的
就听到了风吹山谷的声音

雪花失忆

还是在去年的时候
雪花告诉我
她年年会来
年年会如期开放
梅花是一株两株地开
雪花是千树万树地开

数九寒天都来了
雪花呢
两朵没有
一朵不见
那么，就让北风不吹了
梅花开出千朵万朵

在荒原上

青草就这样永远杂乱无章
一部分颓败
一部分旺盛
一部分看着天空
一部分看着你我

还看见狼
以为狼烟四起
微弱的星光见证
温柔就是温柔，不是陷阱

祈 祷

祈祷不要用这样的雾雨

把一个世界打湿

而且还打湿了早晨

打湿了午后和傍晚

还打湿了夜

打湿了合欢花

错过开放的最佳时间

祈祷一场痛快淋漓的雨

快快下下来

雨过后

天边有彩虹

赤橙黄绿青蓝紫

颜色一个也不少

排着队，看太阳露出笑脸

不灭的火

传说世上有不灭的火
人间的火种都是在那里借的

在那里借火的人必须心地善良
那里的火才容易被借到
月黑风高也好
乌云压城也好
秋雨连绵也好
大雪纷飞也好
借到的火都不会熄灭
而且会成为火种
让火走进人间的每一个角落

小培也去借火
他要借火去玩
他走近那不灭的火时
瞬间化为灰烬

车辙里的水

那辆马车走过以后

就有了车辙

有了车辙以后

就开始下雨

数不清的雨点

从天空中落了下来

雨下过后，车辙里就装满了水

车辙里的水

希望有一条鱼游来游去

这样它就是小溪，就是河

就是江，就是海，就是大洋

一根枯枝掉到里面

一片树叶掉到里面

一丝风吹皱了水面

一只蚂蚁滑落在水面

一个太阳在水底深处

它们总是带来惊喜又带来失望

总有一天水会干枯
一切不复存在
总有一天水又出现在那里
故事重新开始

高过炊烟的事物

玩泥巴

和大人们一样
挑土提水
和成泥巴

和大人们不一样
大人们把泥巴做成砖
我们把泥巴做成小鸡小鸭
还有的什么都不像

小 人 书

那时候不叫连环画
那时候叫小人书

小人书里边
藏着故事

我们来到故事里
你是王五
我是李六
他是赵七
一直玩到天昏地暗

老 画 面

这里的土墙直往下掉渣
我没有办法阻止
只好和了泥巴又糊了一层

残酷的故事演绎了一天又一天
一年又一年
枯柳树的叶子老早就看不到了
枯柳树还在
风吹过来
北风也好，南风也好
东风也好，西风也好
它都懒得理
日头照吧，放肆地照
怎么照也不会缺少什么

枯柳树在老房子的前面
它们惺惺相惜
我和它们惺惺相惜

土豆开会

在一个冬天的火炉旁边
土豆们开了一个圆桌会议
会议主题：我们会到火炉里吗

土豆甲土豆乙沉默不语
土豆丙说：我愿意奉献我年轻的生命
让人们品尝土豆的香味
不知道人们愿不愿意

它的话音刚落
我就把它扔进火炉
圆桌会议戛然而止

丹巴卓玛

丹巴卓玛

美不是一头雾水

山和山连着肩膀

连着脊梁

或者手拉着手

不言弃

不言离

绿色在早晨的风中摇曳

——那些美丽的衣裳

一天又一天旺盛生长

丹巴卓玛

如果你是一座天堂

被东来的紫气包围

我们在天堂之下

请你相信

这里不是地狱

这里有烂漫的山花

插在妹妹的发髻上

流淌在山间的溪水
是一面镜子
丹巴卓玛之外的天空
是一面镜子
我们朴实的心
是一面镜子
我们看见的彼岸花
是一面镜子

丹巴卓玛
一切都在延伸
一直延伸到你看不到的地方
鸟的叫声
从春天到冬天
从今年到明年
一直有唱不完的歌谣

兰 花

忽然想到要看看兰花
看看它们积蓄了一个冬天以后
见到春天是不是心慌意乱

大雪纷飞的时候
我想把它们挪到室内
把空调打开
让它们拥有小幸福

只是刹那间的想法
过后就忘得一干二净
现在它们的花蕾
蓬蓬勃勃地出现在草丛中
它们举着，向我示威

路　遇

遇上一个人
他说：我们在哪里见过
我说：我们是在哪里见过

许多年了
我们见过太多的人
和我们读过书的
和我们共过事的
和我们挤过一辆公交的
和我们逛过一家超市的
和我们住过一个病房的
和我们排队上过一间厕所的

他是谁呢
我们彼此握手
彼此拍着对方的肩膀
然后哈哈一笑
这就够啦

看日子一天天溜走

很想有一条绳索

拴牛、拴狗、拴猫的都可以

把日子拴住

把盛开的百合花拴住

拴住她羸弱的枝干

拴住她翠绿的叶子

拴住她的花瓣

拴住她的花蕊

拴住她袭人的香气

一只手拿着绳索

一只手写着诗歌

写白云悠悠

写芳草萋萋

写我自己

写我连一个日子也拴不住

飞蛾和我

飞蛾冷了
饿了
孤单了
寂寞了
想家了
飞蛾扑向我的窗户

我的窗户里边没有火
只有灯光
飞蛾企图扑向灯光

它不知道窗户没有打开
它所有的努力都是徒劳的

我关掉了灯
掐灭了飞蛾的希望

一本书里有路

听说书里边有路
我才读了很多书

书太多了，我读不过来
我就一目三行
一目三行也读不过来
我就一目十行

有一天我遇到一本书
一个字一个字地读了起来
我终于知道了：这本书里有路

我的目光很浅

我看到的月光
很淡

在沙滩上
一棵小草
只有两片叶子
两片叶子下面就是黑暗

我用身体的一面面对月光
另外一面的潮汐
谁都看不见

你看见了
你一定在千里之外

寒　夜

一些事物
一点一点地消失

太阳的热量消失
在马路边行走的蚂蚁消失
它们搬动的食物消失
荒野里的野草、矮小的灌木消失
嬉闹的狗、鸡、猫消失
独轮车、三轮车，它们的声音消失
后来，窗口的灯光也消失了
我掐掐大腿
还好，我没有消失

提篮叫卖的人

她的篮子只装了盐水花生五包
纯净水五瓶，速食面三袋
还有的我们都叫不上名字

卖花生了——
卖纯净水了——
卖速食面了——
卖……后面的我们没有听清

她一直在那里转悠
她一直在拼命叫卖
卖出去多少只有她自己知道
我们买没买只有我们知道

几年前就是这样了
几年后还是这样
我们奔波了这么几年
感觉很累
她呢？她好像不累

贪吃炊饼

有一天，那个街角搭了一个棚子
一个人在那里卖炊饼
招牌上写着：矮人炊饼
我们去看
那个人真矮
和我们肚脐眼差不多高
炊饼好吃
不在乎人高与矮

后来换了招牌
——武大郎炊饼
我们去看
还是那个矮人
长得跟电视上的武大郎一样
从宋朝传承下来的手艺
不吃白不吃

招牌说换又换了

——潘金莲炊饼

我们去看

好一个美貌女子

真是潘金莲转世

她的炊饼

火候和味道

只品味不外说

碧 螺 春

一个人告诉我
他到茶楼喝茶
喝的是碧螺春
我说：乖乖，你真有福气
康熙皇帝赐名的茶
你一个人来一壶
喝的时候居然不叫上我

这个人告诉我
幸亏没有叫上你
我表哥
就是那个房地产开发商表哥
也在喝碧螺春
不同的是，我一个人喝
他是两个人喝
和他喝的那个人是我老婆
他们两个眉来眼去
我的那壶茶
一口也没有喝

高过炊烟的事物

山峰活着
就是为了高过炊烟
白云活着
也是为了高过炊烟
蓝天活着
还是为了高过炊烟

我后来居住在城市的最高层
以为已经高过炊烟了
饥肠辘辘的时候
却拜倒在炊烟的脚下

大雁从南飞到北
从北飞到南
我的目光和心事随着它们转
和它们一样
也成了高过炊烟的事物

胡萝卜中品新年

母亲打电话过来
新年就做羊肉火锅
逼走小寒大寒的寒气
让它们从屋里走到荒郊野外
和冻土一起相依为命

母亲还说
用胡萝卜打底
鲜艳的红
衬托着片片羊肉
日子就会红火

母亲喋喋不休
胡萝卜缨子也不放过
大盘小盘
都用它装点
满桌子都是春天

母亲的话说不完

最后一个菜

你们要猜猜

我们说，我们知道

一定是胡萝卜煎饼

和新年的太阳一模一样

有一种花会开在我的脸上

一万年以后也会有人相信

有一种花会开在我的脸上

雪花就开在我的脸上了

雪花不经意落在了脸上

一丝微微的寒意以后

雪花就开在脸上了

眉毛上也开了

眼睫毛上也开了

头发上也开了

我从雪地归来

大家说

这家伙是圣诞老人

斑驳的墙已经很老了

斑驳的墙已经很老了
老得我夜夜听到它的叹息

上面记录了很多故事
那道深深的印迹是外公放置农具时留下的
外公也不情愿哪，他就是太累了
累得连话都不想说，就把农具放得重了一点
划下印迹以后，外公后悔了一百天

那道水渍实际上是外婆吐的痰迹
她没有让她的妈妈知道
她没有让她的爸爸知道
她没有让她的男人知道
她用袖子清理了，还是留下不灭的痕迹

那个兔子和乌龟赛跑的涂鸦是我的杰作
两个家伙赛跑，留下的故事太多
我只相信一个，我就记下了

现在问我，故事的开头和结局
我只能告诉大家：我也不知道

斑驳的墙已经很老了
它们老得只剩下故事
风刮过来，掉一地
雨下了，又掉一地

冬天里，北风吹

北风吹过来的时候，我在南方
南方此时风调雨顺，月朗星稀
紫玫瑰在生长，它们的花在盛开
花蕊里有蜜蜂在来回奔波
远处的大海，波涛向天际走去

我双手合十，在这里
不要相信冰天雪地的故事
它们是神话，生活在传说里边
我是大家的朋友，游走在饭局里边
喝酒，吃肉，吃海鲜
吃天上飞的，吃海里游的
吃地里长的，吃无中生有的
吃叫不上名的

回到襄阳，北风刚好刮过来第十遍
不偏不倚，雪花也落到了眼镜片上
一个世界都是雪，眼镜片擦三回了

雪还在下，北风还在吹
身体刺骨地冷，哈气成霜

走进家门，不喝小酒
只是把门关上，只是吃家常便饭
就把冬天关在了外边
就把北风关在了外面

秋风不扫落叶

最后一阵秋风刮过来
要落的树叶还在树上待着

不下来，就是不下来
就在树梢上
看云，看天空
看树下来来往往的芸芸众生

看成群的蚂蚁要撼动树干
使出了吃奶的力气
看芳草枯萎
绿色一点一点地褪尽

看远处的炊烟
曼妙地升向天空
升得越高越虚无

只是雪落下来的那一天

树叶也争先恐后落了下来

雪落无声

叶落无语

雪花开满天

说着说着
雪花就开放了

它们从天空中走下来
像在散步
最后来到地上
就开放了起来

一朵一朵地开
开得那么快
还没有数过来
一个世界都是雪花了

乌鸦来到雪地上

乌鸦来到雪地上
雪花照样开

乌鸦开始吃雪花
它想它多吃一朵雪花
地上就会少开一朵

乌鸦嘴里吃着
身上却开满了雪花
黑乌鸦变成了白乌鸦

在冬天里，随处都有童话

只有在冬天里
随处都有童话

紫薇树都光秃秃的了
秃得让你想到不毛之地
银杏树也是这样
而马尾松
松针苍翠
此时开满了冰凌花

小兔子留下了一行脚印
猎人循着脚印就会逮着小兔子
狼也会
它看见小兔子就会张开血盆大口
我也会
我会追得小兔子无处可藏

朋友和我打赌

月亮结冰了

我说：不要打赌

天气这么冷

你说错了我也相信

我来到冬天的时候

我来到冬天的时候
冬天没有致欢迎词

不欢迎我也来了
一脸的冷霜我也来了
风往骨子里刮我也来了
屋檐下挂上长长的冰凌我也来了

我来了，我相信冬天会走到尽头
春暖花开的日子已经不远

今夜，在斑竹坪

关于村庄的祈祷

我叫不上名字的野花
越来越多
多得村庄都装不下

曾经忙碌的田地
犁铧耕耘的痛苦
都已经变成记忆
现在常年被风吹着

酸枣树还在
酸枣子不长了
八百年来人声鼎沸
如今却寂静无声

老小孩从树下走过
两手空空

石碾还在

鸟粪落在上面

枯枝和残叶争相栖息

月华想唤醒它

走近的时候

才知道是南柯一梦

我来到老屋前

蜘蛛网封住了门窗

我祈祷

打开门

果然听见了吱呀的声响

梦里水乡

江南的雨下了一个月
涟漪不断，此起彼伏
都不敢做梦了
梦都是潮湿的

雨过天晴的那一天
你仍然抵达我的梦境
那时候，已是午夜

那时候，一只水鸟
从水面轻轻划过
一道水痕若有若无
月亮却被揉碎了
满湖的水都变成了碎银子

两岸的树木变成了碎银子
两岸的房屋变成了碎银子
你也变成了碎银子

今夜，在斑竹坪

我只是匆匆路过
就匆匆想起
黑夜，正好看看星星

北斗七星
在天空眨了眨眼睛
我就留下了
那时候，一双脚
居然像被钉子钉住

还和那一年一样
一弯新月若隐若现
我若隐若现
天空中的七颗星美丽
像一条美人鱼

什么都没有变
如果阿莲在

什么都没有变
如果阿莲呵气如兰
什么都没有变哪

今夜，在斑竹坪
我只看到北斗七星

会说话的夜风

我问夜风：还记得我吗
三十年前的一个夜晚
我想离家出走
远远地，像一只候鸟
从北方迁到南方

夜风说
只要你记得回家的路
你可以走
夜风还说
我势单力薄
确实没有力量挽留
你可以走

今夜，我回来了
夜风说：你累了吗
风说话的时候，很温柔

和夜晚对视

你看着我，我看着你
我们就这样看着
心里有一条河流
在舒缓地流动

不想第三者
不想我们以外的其他事物
就用眼睛来感知你
就用眼睛来感知我

我们离得这么近
你的眼眸，把我包围
我们离得这么近
我怎么挥手，也挥之不去

有 所 思

忽然想起
用一种方式，表示爱恋
表示亲近

那么多的伤害
那么多的心痛
那么多的无助
那么多的思念

今夜，在斑竹坪
我匍匐地上
泪流两行

南瓜花开在低低的山岗

只是一个夜晚过去
只是一阵柔风不经意吹过
只是阵阵蛙鸣
在雨后
它们此起彼伏
满世界游荡
一直没有睡意

晨曦初现
天空睁开眼睛
太阳露出笑脸
南瓜花开在了低低的山岗
露珠在花蕊上走来走去

这不是突发事件
也不是偶然事件
这是斑竹坪最平常的一起事件
我只是一个忠实的记录者

大红灯笼，高高挂起

进入腊月，这些大红的灯笼
都从集镇来到了千家万户
她们争先恐后的样子
怕自己成了嫁不出去的姑娘

红色，就是红红火火
大红的灯笼，就是把好日子放大
放大一百倍、一千倍
其实，根本不用放大
好日子就是大红的灯笼那么多、那么大

大红灯笼，高高挂起
幸福，高高挂起
快乐，高高挂起
五谷丰登，高高挂起
人间祥和，高高挂起

大红灯笼挂在那里
再说什么都是多余

龙王峡谷

多么清亮的水哟
像是被稀释的水晶在峡谷间流淌
阳光下有多少尘埃
水底的石头都没有看到
风霜雨雪是什么味道
我知道，石头不知道

往上一点
我看见墨染的葱绿
是谁这么大方慷慨
泼成几十里的长廊
感谢施主
让我瞬间忘了尘世
以及尘世那些污垢的思想

看见了峡谷顶上壁立的巨石
我想起了鬼斧神工
那应该是多大的巨斧

人间没有的呀

那就应该是鬼斧

用什么力量可以把它举起来

人间也没有的呀

那是神工

神工把鬼斧举起来

然后把石头劈得和刀削的一样

真的不想走了

一步三回头

同行的人劝我

不过是看了一些青山绿水

不过是看了一些石头

我听了

一步五回头

故土情结

不是我执意要看到你不老的容颜
是我从你身边走过时
风不经意地掀起了你的盖头
当时你柔若无骨，呵气如兰
面若桃花

还是以前的模样，还是的
和我梦中祈祷的样子一样
岁月把平整的道路改变
也试图把你改变
蒲公英开过了多少回，黄色的小花朵
黄色的骄傲，黄色的小秘密
不对任何人说

不需要你告诉我什么，不需要
你保持现有的姿势，对我微笑
或者你只是朝着我所在的方向微笑
对一丝风微笑，对天空微笑

对往事微笑，如果放肆一点
也可以发出声音，让这个世界生动一些
我都知道，我都能感受到
因为我理解你的矜持

太阳照在河流之上，水缓缓地流着
这也许是河水睡觉的姿势，如果你
也和河水一样，可以以这样的方式休养生息
在起伏跌宕的时候，生命又激起一些浪花
在下一次起伏跌宕时，重复同样的故事
我相信这一切都是真的，你也相信
但是，你不会说出来

你的脚下是黑黝黝的土地
它们依然年轻，即使在月华之下
也熠熠发光，种下愿望
就会收获希望，经年不息
从一万年前，到一万年后
包括你——从来不会让我失望
从来不会让村庄失望

春天，在鸳鸯湖

看得见你们的身影
却听不到你们的心跳

春风吹动了这湖水
这湖水里
装有白云
装有蓝天
装有高过白云的远山
装有高过蓝天的树木
还装有你们——鸳鸯
都在和着春风涌动啊
都在掩饰你们的心跳

一辈子的爱在鸳鸯湖
哪儿都不去了
春风好柔
鸳鸯湖好大
装爱

装眉目传情

装不离不弃

刚好

田野是雪花的栖息地

田野是雪花的栖息地
山岗也是
屋后的竹林也是
——竹子都已经匍匐到地上了
还听任雪花降落

一串小狗的脚印也是雪花的栖息地
小鸡的脚印也是
呼啸的北风也是
——前面刚刚走过
雪花又让世界无痕

汉中风物（组诗）

汉　桂

汉桂的花香一年香飘十里
从两千二百年前开到现在
就是香飘了两万二千里

一千二百里外的襄阳
一直都能够闻到汉桂的香味
那香味浓郁，那香味清雅
那香味醇厚，那香味绵柔
那香味沁人心脾

我从襄阳前往汉中
汉桂树下
站满了异乡人
还有异国人
握手言欢的时候
大家说

这棵树开花开了两千多年正茂盛
这个汉中正年轻

旱　莲

世界上唯一一个汉中

一棵旱莲，开的花红白相间
不是莲花，酷似莲花

一个汉中，几百条河流日夜奔流
阅读汉水，乐在其中

来汉中，可以只为了看一眼旱莲
看旱莲，你必须来一趟汉中

油 菜 花

这里是油菜花的故乡
这里有一望无际的黄色

风向西刮

黄色倒向西面

风向东刮

黄色倒向东面

风向北刮

黄色倒向北面

风向南刮

黄色倒向南面

和大海一样辽阔

和天空一样纯净

这里是油菜花的天堂

这里是汉中人的故乡

跋

我们的世界美丽而祥和

　　这是周庆的第二部诗集，他的诗歌都是在一年四季的自然风光里采集而来。那些诗沾满花香，饱含人性的美。周庆的这本诗集收录了包括《目睹花开时刻》《今夜，在斑竹坪》等八个部分一百多首诗歌。他的诗以写实为主，多描写家乡的风土人情，或以花喻人，或以花寄情。

一、从阿娜身上，阅尽人间的美好

　　"阿娜"是周庆从平凡的事物中提取的精华，以集中突显人间美好的共性。阿娜是一个切口，我们由此进入诗人的情感世界。在他的诗里，阿娜是一个实实在在的人，又是一个虚无缥缈的象征。阿娜无时不在，无处不在，但又无影无形。她没有具体的形状，可以是一朵菊花，可以是一片雪花，可以是茉莉，也可以是太阳。她是诗人心中所有美和善良的化身。

诗歌的内涵折射的是诗人的内涵。诗歌的文字如一股炽热的暖流，压抑久了就会喷薄成汹涌的洪流。数不清飘逸的芬芳汇聚在一首《九月菊》里。它装点山河，美化心境。"信息来自往年的九月/山野里总会有一场菊花赛事/还是在八月里已经看出端倪/数不清的小花蕾纷纷站立枝头/一个又一个挺直了身子/期待着开放的时候自己最妖娆"。数不清的枝头站立的不仅是"小花蕾"，还有诗人骨子里的美好以及诗人表现出的理性的优雅。在精神对物质的反作用的情况下，内心美是美好认知的前提，只有怀揣美好并能识别美的人，才能发现美并让美保持永恒。

周庆笔下的阿娜是一个人，但又不局限在一个人身上，他以一个人为圆心，谨慎地向四周无限扩张、蔓延。为什么还要种下向日葵，向日葵又象征什么？不准确的解读并非对诗人的冒犯，诗歌允许误读误解。既然如此，那就随意地猜测一下，他种下的太阳就是阿娜，而向日葵就是他自己。在什么状态下才有心心相印的不弃不离，一切尽在不言中。

芙蓉富贵傲天下，茉莉再小亦是花。曾经洁白的弱不禁风的一朵花，清幽而芬芳，"这一次的路过/只是为了目睹你的芳容/让日思夜想有一个完美的结局"（《好一朵美丽的茉莉花》）。这个路过的天使在招手，她到底是前世的轮回还是后世的约定。爱美的人心灵圣洁，"白就白得天使一般/香就香到沁人心脾"。好一朵清香、娇小的花，一种初见般的温暖在心里涌动。与朦胧派、荒诞派相比，周庆的诗歌没门没派，或者说自成一派。在诗歌领域，如果没有自己的语言特色，就失去了诗人存在的依据。这个语言特色仿佛自己说话的音色，即使隔着墙或者蒙着眼，只要你张口说话，熟悉你的人马上就能根据声音准确地辨别出是谁。阿娜是周庆诗歌中的标志性特色，就目前所知，只要看到诗歌中有"阿娜"二字的，多是周庆的诗。说周庆为阿娜而活着，有些牵强；说阿娜为周庆而存在，更接近情理。

丰富的阅历，厚积的生活，对社会的细微观察，对人性的深刻思考，让周庆文思如泉。"幻想和荷花住在一起/在荷花的屋子里/呈现仕女的模样/端坐在莲花椅上/思前想后"（《回眸》）。冷艳华贵的荷花是入静的处子。周庆的诗，尽管用词都像荷塘下的池水那样波澜不惊，但意味深远，极具灵性。这是一个旁观者的内心独白吗？一定不是。它是局中人的深刻体验，也是充满理性的深刻思考和想象。"仕女"很容易让人联想到大唐后宫的瑰丽，那种清高与内敛，那种纯洁与不落尘俗，必是君子的风骨与仕女瑰丽的合体。想来，荷花的神态也是诗人的神态。通篇读过之后，感觉这本诗集的每一首诗里，或多或少都有诗人的影子。

二、在两个江湖的风浪中，平衡人生

在现实的江湖，"人性打着哑语"，让许多人捉摸不透。"夜晚，我们乘坐一叶扁舟/一起沿河岸前行/身后的斑斓已经渐行渐远……我们就这样择地而居"（《夜渡》）。"诗是灵魂游荡时选择性地进入。"人的分类由他的内在品质而定。生意场上，很多人都绞尽心力陷人于深坑。商人对江湖的感受远远深于一般的人，当丑恶捆绑道德时，那些美好品质的消失让诗人无所适从。因此，周庆选择逃避，选择躲藏，"乘坐一叶扁舟"。诗人躲在山水田园里，突出表现自己的个性。周庆曾说："我们在现实中行走，时时刻刻都危机四伏，时时刻刻都有可能遇到荆棘，遇到沼泽地，甚至整个人都可能陷进去，再也没有生存的机会。可是，在我的诗歌江湖里面，我即使陷进去，也可以非常轻松地出来，诗歌江湖，没有敌意。"周庆对现实江湖的险恶感受颇深，而对江湖的恐惧，对部分合作商的怀疑是他最大的信任危机，这使他的内心日趋保守。然而，现实是残酷的，片面的极端的实用主义使有些人更注重其他人与物的使用或者利用。他们认为，人一旦失去了使用价值（或利用价值），这个人就失去了价值。从性格上讲，周庆不适合经商。他曾说："有时候，承受着莫大的委屈，还要面带微笑；有时候，心里流淌着鲜红的血，却要故作镇静。"而上天偏偏让他从事这个行业，让他修炼，让他磨砺。

周庆的诗歌江湖是一块人生的无忧角。诗人躲入诗歌，在诗歌里寻找归宿。表面随意而内心孤独的人非常敏感，也非常自尊。这种孤独有时使人的想象空间变大，也使人的承受力和忍耐力变大。孤独的心态给独立者留下更广阔的展翅空间，给勇敢者留下无法磨灭的坚实脚印。排除杂念，现实江湖有时可能是一根横亘在路上的栏杆。而在孤独者眼中，它只是一根针。深刻的感触使周庆洒脱地向阳而歌，释然的生活态度和人生的放下使他如鱼得水。现实江湖的愤愤不平让他在诗歌江湖中找到平衡。

在诗歌江湖里诗人可以肆意妄为，毫无恐惧感，"那里就是泥泞了点/那里就是/——有时候一脚下去/提脚的时候越陷越深/如果悠着点/脚就轻松地拔出来了"。越来越投入，越来越痴迷，以至忘乎所以地深陷其中，这是诗人对诗歌的迷恋。诗歌江湖再险恶都无性命之忧，就是你陷得再深，也能够"轻松地拔出"。"有一次/我整个人都陷进去了/结果呢，我没有死/这不，和大家说话来着"。诗歌语言是传统语言的变异和生长，一句"结果呢，我没有死"道出诗歌江湖的有惊无险，或者起死回生。"提脚的时候越陷越深/如果悠着点，脚就轻松地拔出来了"。拒绝与社会乌合，即使融入其中也只改变颜色，而不改变品质。"我整个人都陷进去了/结果呢，我没有死/这不，和大家说话来着"。这就表明，生活并不那么可怕。很多时候，意志坚定的人会把命运掌握在自己手里。

每个人的眼里都闪动着灵光，从中可透析灵魂。《沼泽地》实际上是诗人对人生的读后感。意志影响命运，意志也改变环境。诗人的意志"一直希望做到出淤泥而不染"，即使陷入沼泽，那也要保持一颗洁净的心。表面的迫不得已使诗人感到"我整个人都陷进去了/结果呢，我没有死"，而内心的高洁使诗人的精神得到了复活。社会的结构影响了人类生活，没有哪一个人能脱离社会，每个人都不可能逃离现实孤独地生活，逃离只是暂时的。即使是世外桃源，也没脱离社会，它只是进入另一个高尚一点的群体。在现实的江湖，尽管诗人要面对，却能淡化。生存的辛苦和生活的迫不得已，迫使诗人犹如一颗莲子，尽管被污泥包裹，但永远不失一颗向往阳光、向往洁净的苦心。他"幻想和荷花住在一起"，在适合的温度、湿度中蓬勃生长，开出莲花。

三、最后的一场雪，让天下干干净净

风尘落尽，必还命运清白。"大雪来了……就在大雪这个节气里"（《一定会有一场美丽的相遇》）。等了很久的一场雪终于来了，这雪为谁而下，在这个该下雪的节气，"下鹅毛大雪，铺天盖地/大如席也可以，就在席子上面睡觉/仰面朝天，随遇而安"。诗人的心路在大雪中任意伸展，完整且深邃。诗人等这场大雪，是为了等"一次美丽的相遇"，所以他坚信"大雪终将会来"，到那时他将"离它近一点，再近一点"。

"我手举阳光/站在你必经之路……试图把所有的黑夜打理成白昼"（《刹那间》）。极快的速度表现一个极慢的画面，也许是物极必反的原理，快到极致的光看上去反而是静止状态，实到极致的光此刻也虚到极致。无论虚实，诗人都能找到一个临界点作为收放。这种虚实相容的临界点就在"手举"二字。"手举"是个行为动词，是负重的形式。这是一双怎样的手，能巧妙地把"阳光"举起来。周庆巧妙地运用诗歌语言，描绘出超乎寻常的想象，捕捉到那些不易被捕捉的事物。诗人"保持最灿烂的姿势"，以一种怎样的巨大能量才能把"黑夜打理成白昼"。而诗人所做的这一切，都是为了"换你的青春容颜"。至此，还是那句老话：在诗歌领域中，高手出招，总在一种似曾相识和能测与莫测之间。

莫问前面的道路宽广还是坎坷，精神的朝圣者日夜兼程。对人而言，时间有限而空间无限。天空又高又蓝，为一切翅膀预留空间。不要羡慕翱翔天空的雄鹰，只要你展开双翅，必有满天灿烂的霞光。读完这本诗集，我忽然发现：我们的世界原来如此美丽而祥和。

乔天正

2018年6月于老河口